Para Isla y Charlie– L.S.

Esta historia está inspirada en Ralph, el perro de mi
hermana Maisie, que un buen día conoció unos patitos...

1ª edición: febrero de 2021
Título original: Duck, Duck, Dad?

© Ediciones Jaguar, 2021
C/ Peñuelas 26, C. Local 17-18. 28005 Madrid
www.edicionesjaguar.com
@EdicionesJaguar | @Ed_Jaguar | @edicionesjaguar

Publicado por primera vez en 2021 por Scholastic Children's Books
(Euston House, 24 Eversholt Street, London NW1 1DB) una división de Scholastic Ltd.

© Texto e ilustraciones de Lorna Scobie, 2021
© Traducido por Raúl Zanabria, 2021

IBIC: YBC
ISBN: 978-84-18277-51-1
Depósito legal: M-23698-2020

Impreso en China

CUA, CUA... ¿PAPÁ?

miau

Rafa disfrutaba de una vida apacible.
Le gustaba oler las flores cuando paseaba
entre las mariposas y los árboles,
entre...

...¿un huevo?

¡CRAC!

Rafa no sabía si quería un patito.

Pero el patito lo quería a él.

¡PAPÁ?

No parecía muy tranquilo.

¡PAPÁ?

Aunque si era solo uno...

¡PAPÁ!

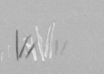

¿Cómo cuidar a sus nuevos patitos?

Nunca paraban.

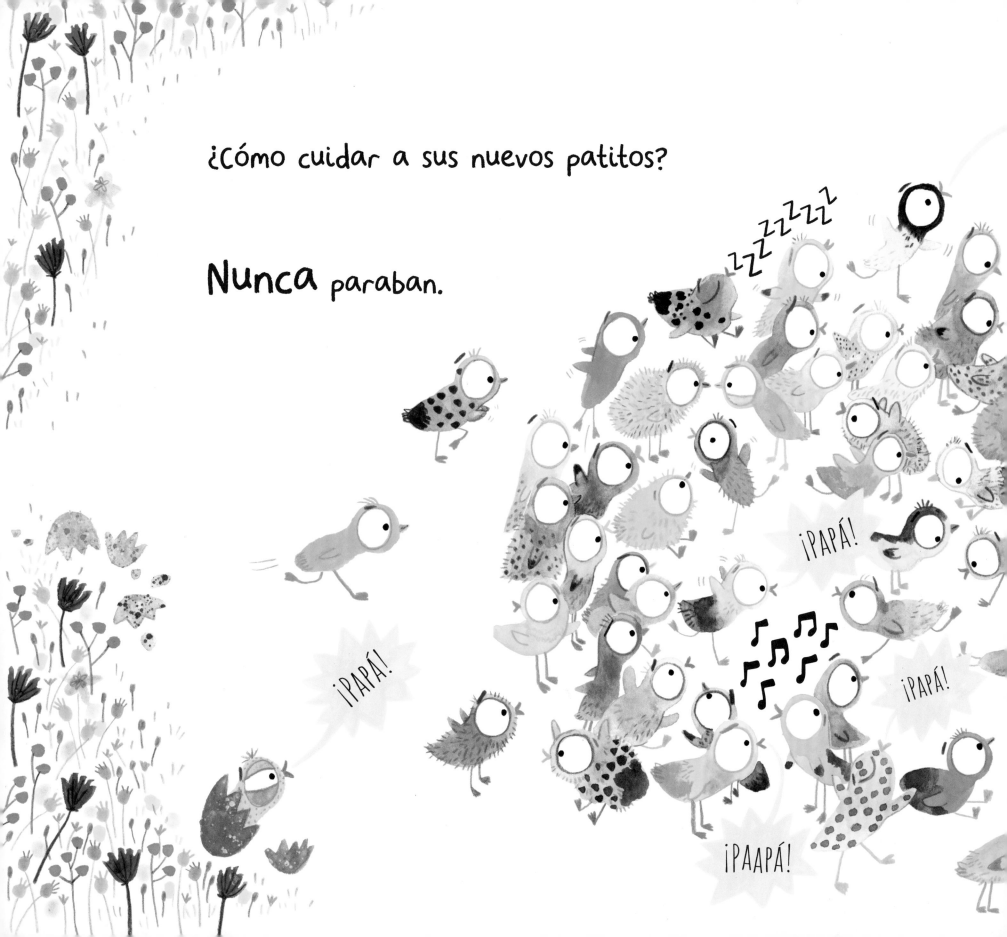

Pero decidió intentarlo.

Siempre necesitaban **algo.**

Igual no eran buenas para ellos.

¡QUIERO MÁS!

Pero les gustaban.

La hora del baño era muy divertida...

... casi siempre.

¡LO SIENTO!

A Rafa le encantaba la hora de dormir.

A veces todo era perfecto y tranquilo...

... pero duraba poco.

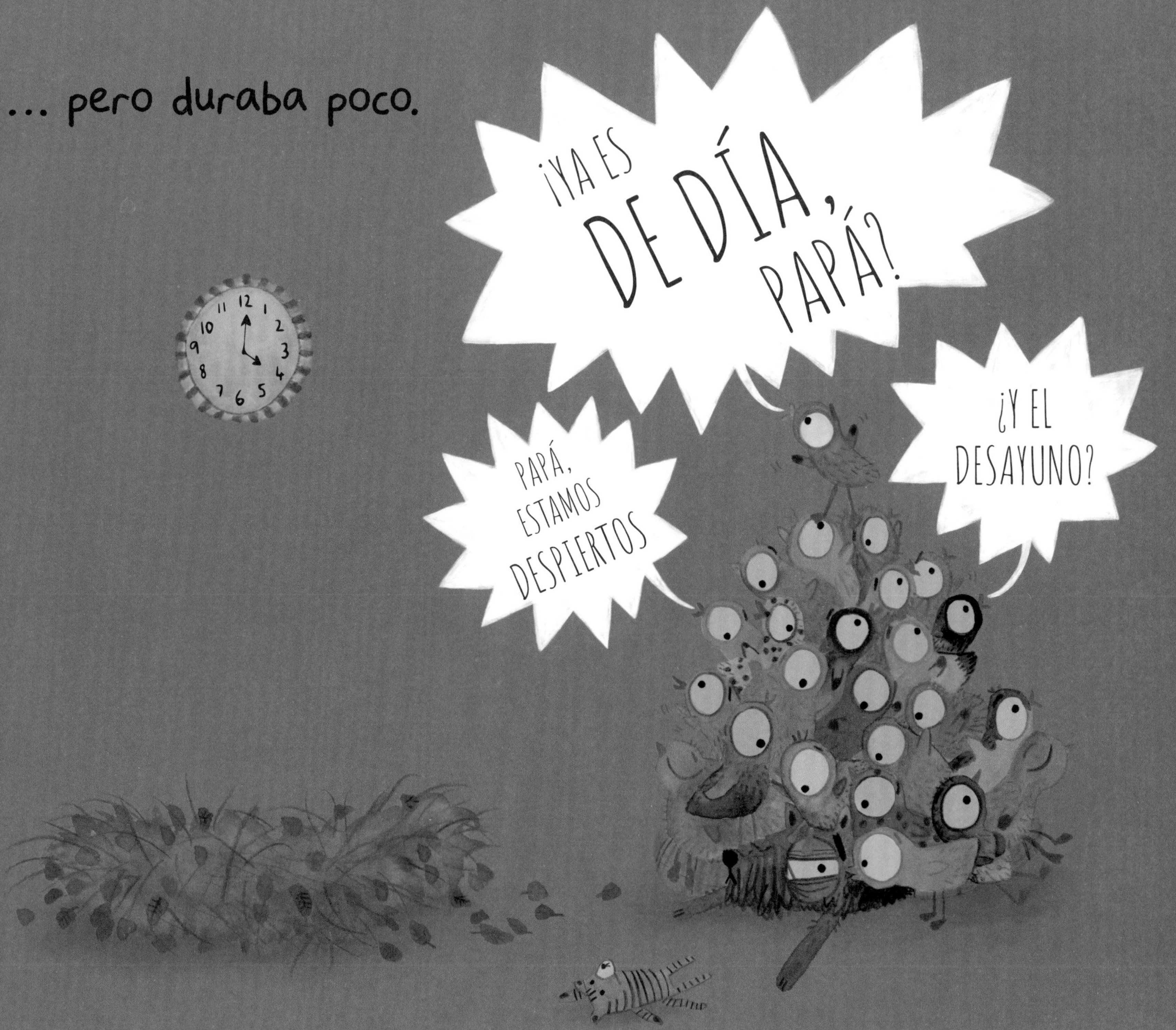

A Rafa empezaba a gustarle su nueva vida.

Todo iba bastante bien...

Con su nueva familia, no es que Rafa tuviera una vida más tranquila...

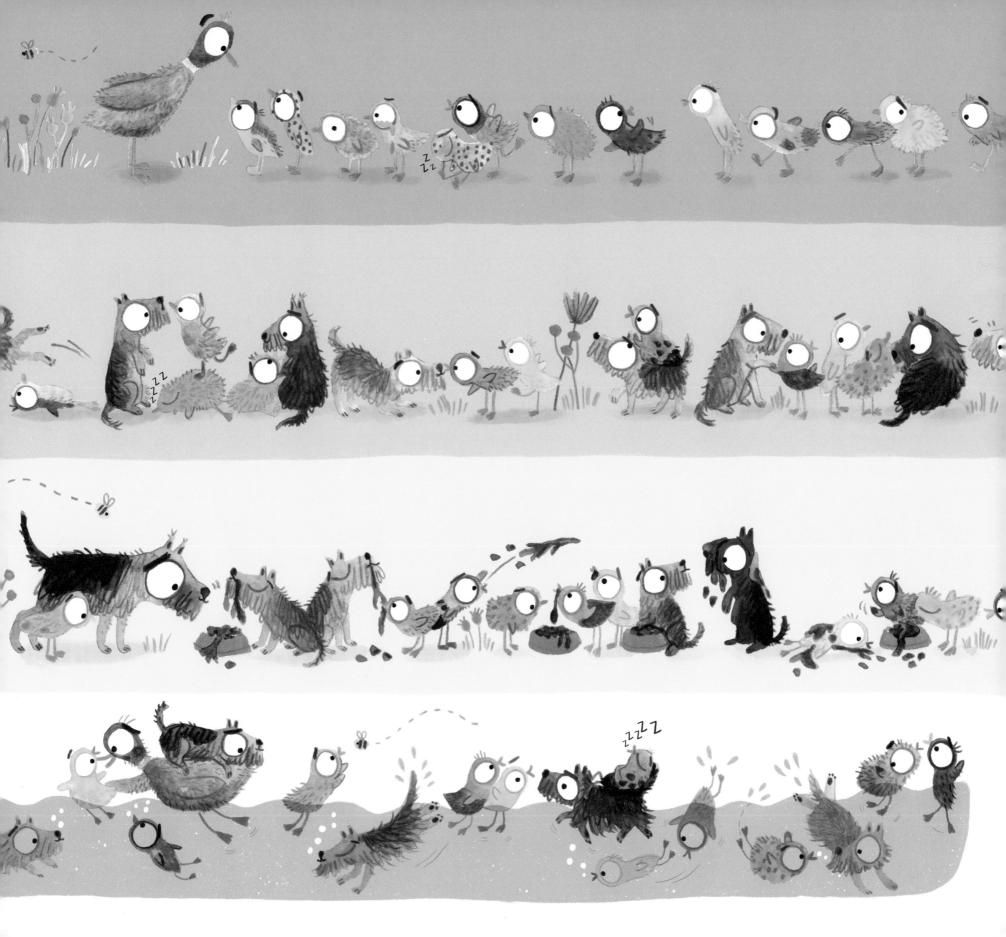

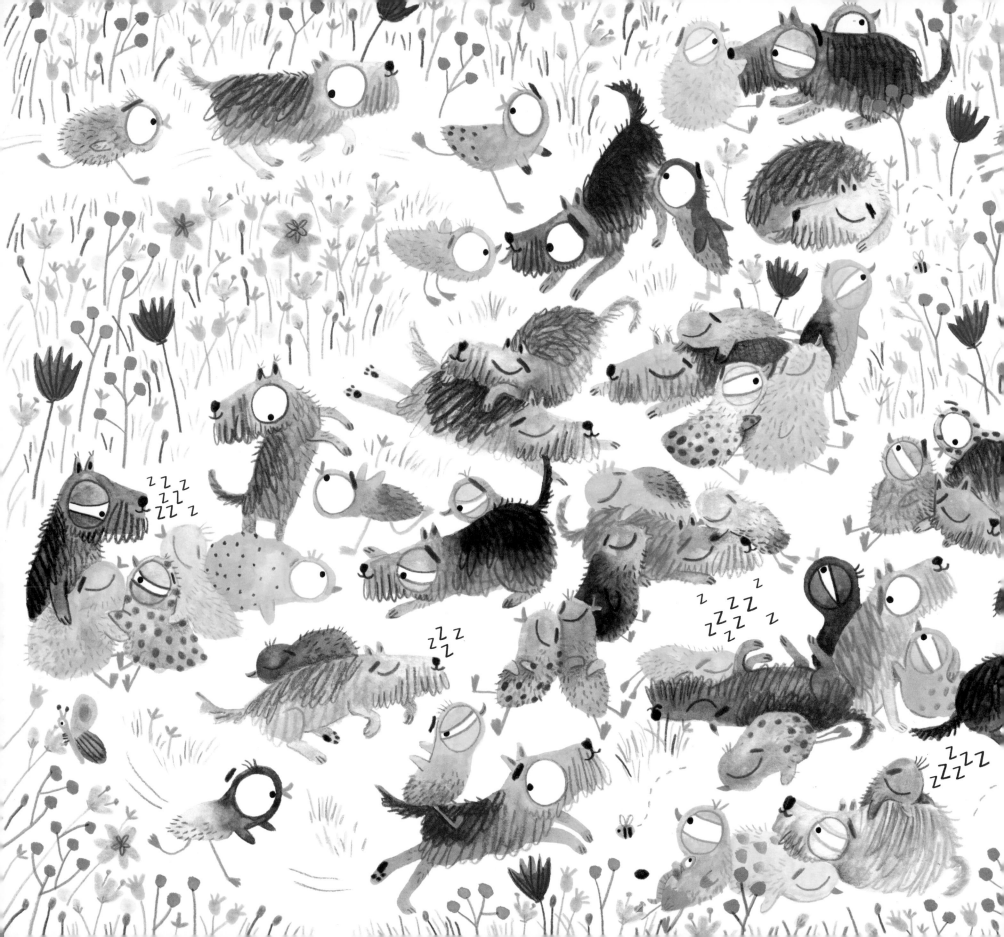

Pero sí, illena de **ABRAZOS!**

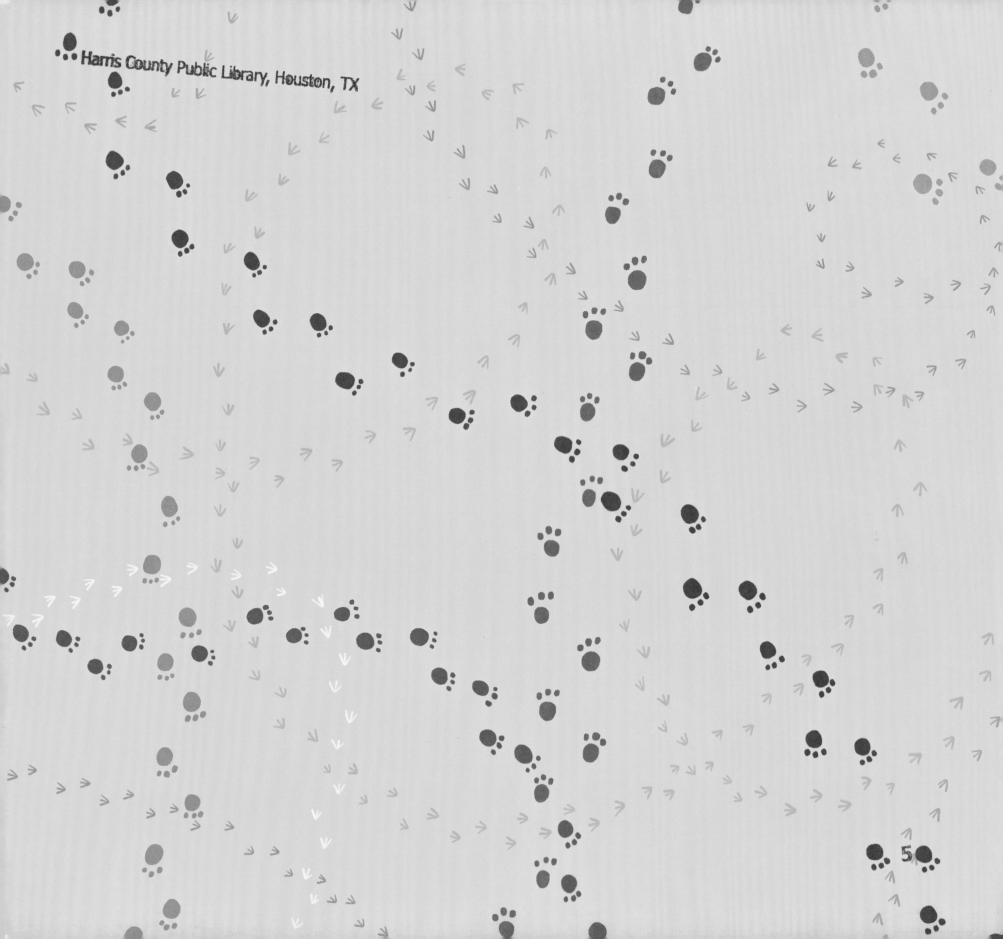

5